안부를 묻는다

수우당 동인지선 010

안부를 묻는다

초판발행일 | 2025년 11월 30일

지은이 | 객토문학 동인
펴낸곳 | 도서출판 수우당
펴낸이 | 서정모
주 소 | 51516 창원시 성산구 외동반림로 126번길 50
전 화 | 055-263-7365
팩 스 | 055-283-8365
이메일 | dlp1482@hanmail.net
출판등록 | 제567-2018-7호(2018.2.12)

ISBN 979-11-91906-47-9-03810

값 10,000원

＊이 책은 2025년 ◎경상남도 □경남문화예술진흥원의 문화예술지원금을 보조받아
 제작되었습니다.

객토문학 동인 제21집

안부를 묻는다

김성대 노민영 박덕선 배재운 이규석
이상호 정은호 최상해 표성배 허영옥

수우당

21집을 내며

어느덧 만산이 홍엽으로 물들었다. 우기가 잦고 금방 지나가는 가을을 아쉬워해야 하는, 예전 같지 않은 기후위기 시대를 살아가고 있다. 개인의 삶이 팍팍한 것이야 변함없는 현실이지만, 앞이 보이지 않는 어두운 미래가 늘 걱정이다. 그래도 객토는 그 자리에서 '현실'이라는 화두 앞에 나름의 역할을 다하기 위해 고민하고 있다. 하지만 그 한계는 해가 갈수록 뚜렷하다.

21집을 준비하면서 무슨 고민을 했던가. 그 고민의 끝, 결과물이 처음 생각하고 마음을 모았던 주제와 같은가. 이런 생각을 먼저 하는 것은 자기반성이다. 올해 기획 시 주제를 논의하면서 〈지역 소멸과 저출산〉까지 다루어 보자는 것이었다. 저출산이나 지역 소멸이라는 문제는 이미 국가적 문제가 되었지만, 국가도 그 답을 찾지 못하고 있다. 사실, 이 문제를 문학으로 풀어내는 것은 처음부터 어려웠는지 모른다. 김성대의 「빈집」과 정은호의 「대감마님 속이 탄다」, 최상해의 「안부를 묻는다」정도가 저출산 문제를 직접 다루거나 나름 다루기 위해 고민한 흔적이 보이는 작품이고, 그 외 작품은 지역 소멸과 저출

산의 원인 보다는 현재 처해있는 현실을 피상적으로 다룬 작품이 대부분이라고 해도 될 것이다. 그만큼 이 문제가 시로 형상화하기에는 어렵지 않았나 한다. 하지만 무엇보다 동인 개개인의 고민이 얕았다고 봐야 한다. 그래도 이만큼의 결과물을 또, 내놓는다.

올해가 문영규 동인이 우리 곁을 떠난 지 10년이 되는 해다. 벌써 10년, 그래서 지난 6월 28일 경남작가회의 문학 교류위원회가 주최한 〈바닷가 우주에서 문학을 만나다〉, 〈안드로메다로 간 시인 문영규〉시인을 만나는 행사를 했으며, 이번 동인지 3부에서 '문영규 시 다시 읽기'를 통해 문영규 동인의 시 정신을 되살려 보고자 했다.

모든 것이 처음 마음과는 같지 않다. 그렇다고 무엇인가 하지 않을 수는 없다.

2025년 가을, 객토문학 동인

차 례

안부를 묻는다

제**1**부

안부를 묻는다

제2부

그래 피어라 너도 꽃인데

제3부

기획특집 문영규 시 읽기

제 1부

안부를 묻는다

빈집

농촌이나 어촌의 시골집만
빈집이 아니었다

경남의 유치원생이 지난 5년 동안
1만 2,100여 명이 줄었다
문 닫은 유치원은 자꾸 늘어났다

경남에서 지난 50여 년간 문 닫은
초·중·고교는 587개나 되었다

'어떻게 지켜온 이 땅이요 이 바다인데'
폐교에는 이순신 장군의 동상만
덩그러니 남아서 한숨을 내쉬고 있었다

느티나무 아래에서
봄 여름 가을 겨울을 노래한
그때의 기억들을 어디에서 찾을까

댐 건설로 물에 잠긴 마을처럼

12

가슴속의 따뜻했던 추억들이
천천히 비워지고 있었다

아이들이 사라졌다

오랜 시간 동안 잠자고 있던
씨앗이 깨어나 꽃으로 피어났다
아라홍련이라는
어여쁜 이름도 얻었다만

"붉은 연꽃이 피었다"
서동요처럼 멀리 퍼져나가는
바람을 안고 왔건만
아이들 만나는 꿈으로
칠백 년을 걸어왔건만

재잘대는 아이들 목소리도
들리지 않았다
꽃을 찾는 아이들도
끝내 보이지 않았다

금기어

태어나 자라던 집은
생업을 위해 전쟁터를 나간 식구들이
어쩌다 잠시 쉬어가는 숙소에 불과한데도
문득 보고 싶다고
식구 모두 집에서 밥 한 끼 하자는 말도 이제
눈치 없는 금기어가 되었다.

나이가 들도록 혼사를 못 하는 자식
흉이라도 되는 양 숨기던 엊그제 같은 날
그로부터 한 대가 채 지나지도 않아
혼사 이야기는 이제
내 자식이고 남의 자식들에게도 금기어가 되었다.

부모는 자식이 떠난 집에서
때 묻은 자식의 흔적을 쓰다듬으며
자식의 앞날을 위해 간절히 기도를 하지만
먼 훗날 자식은 부모가 떠난 집을 두고
얼마나 자기 살림에 보탬이 될지 셈을 한다.

못난 집들이 고아처럼 눈총을 받으며
팔려 가지 못하고 버려져 쌓여가는 시대
그래도 한 식구였던 인연들을 보듬어 내었던 그 집
떠난 주인의 향수로 버티며 늙어가고 있다.

전망

아직도 대도시에는
그나마 춤을 춘다는 부동산 거래
먼 옛날이야기라며
하나둘 문을 닫는 소도시 부동산 업자들

앞으로도 영영 가망이 없다고 확신하는 그 전망
인구절벽 시대가
다시 호전되어 돌아가기는 아득한 일이라고
공인중개사무소 창가에
잔뜩 빛에 바랜 매물표가 징표처럼 붙어있다.

누구의 잘못이라 할 수 없지만
분명 세상이 잘못 돌아가고 있다는 전망을 해본다.

인구가 줄어도 대체가능 한 일꾼
싫든 좋든 생산은 로봇이 한다는 그 자신감
생산은 넘치고 물건을 사 가는 사람이 없는 사회에
누가 그 소비를 할 수 있을지
나도 알 바 없는 일

혼자 알아서 잘 헤쳐갈 다음 세대에
더 이상 참견은 하지 말아야지 다짐한다.

평아네 집

아홉 살에 엄마 잃고 오래도록 바람벽에 마음을 걸어 둔
평아
  그 집이 혼자 집을 보며 마당가 매실나무 위로 봄이 오고
  복수초 노랗게 웃으며 봄이 익어갈 때 바람도 없는 날
  스르르 뒷간이 무너졌고 같이 밤 새던 작은방 소죽솥가
  황토벽이 댓살 그물 드러내며 바람집이 되었다.
  여름가고 쑥대 마당에 개망초꽃 새하얗게 피던 날
  마루청과 안방이 앙버티다가 기왓장 틈새로 숨어든
  빼뿌쟁이 몇 포기 콩장판 틈새 싹을 내고 방주인 바뀌
었다.

  평아는 마당에 앉아 별보고 옥수수 쪄먹던 여름밤 얘기를
  만날 때마다 했지만 그 집 주인은 행정법상 큰오빠이고
  생태법상 개망초 쑥대가 주인자리를 내어주지를 않노라고
  나는 빈 마당에 가득찬 잡풀만 찍어서 서울로 보내곤 했다.

  올해 큰오빠는 살지도 팔지도 않겠다는 빈 집에
  달빛을 들여놓고 바람도 쉬게 해주던 모든 식구들 몰아
내고

파랑색 천막을 가져다가 숨 쉬는 구멍 다 막아버리고
잡풀 풍성했던 마당을 깎고 하늘색 번들번들 덮어놓았다.

비로소 그 집은 아무도 살지 않는다. 풀 한포기도 바람
한 자락도
쫓겨난 그 집 마당에 쏟아진 빗물이 고요히 하늘을 받아
내고 있다

이젠 어떤 생명도 평아네 집에 들어가려면 절벽을 타야
한다.
푸른 비닐천막 미끄러운 절벽에 오늘은 어른어른 달이
걸렸고
추석인사 희뿌옇게 얼룩진 평아의 눈물이 번져나가고 있
었다.

들빼기 지나 우리 동네

달구실재 할아버지 봇짐지고 넘어와 양지쪽에 터를 잡고
박씨들이 들어왔다고 들박, 들빼기라 불렀다지
산촌마을에 집성촌이 생겨난 다정하고 아련한 이야기야

수 백 년 녹아든 만고풍상 엮인 사랑이야 말다해 무엇해
할아버지의 할아버지가 장만했다는 가재 발 씻는 천봉답
무논에 벼를 심 듯 우리 발목도 자알 심겨서 자랐지
향토장학금 없어도 도시로 풀려나가 잘 살아냈던 뚝심도
아마 저 무논에 발을 잘 심었기 때문일거야

지금은 머얼리 마음만 두고 떠난 고향의 자손들
문간에 들어서면 와자했던 큰집 언니들의 웃음소리
보름달아래 동네를 뛰어다니던 아이들의 재잘거림
종손 집 사랑방에서 흘러넘치던 농요 밤이야기들
아지매들 찌짐 굽는 정자나무 아래 백중노래가 실리던
들빼기 지나 우리 동네

큰집 떠나고 문간엔 들고양이들이 일가를 이루고
마당가 고종시 감은 붉어도 따 먹는 이가 없다

한 집 건너 두 집은 빈 집
간간이 불 켜진 안방엔 한 때 새댁이었던 할매들이 담겨
호롱불처럼 깜빡 인다

적막을 옷처럼 입고 잠잠히 흘러나오는 불빛을 이웃하며
새벽에게 안부를 묻는 고요의 심장 같이 어둔 우리 동네

빈집의 주인들은
도시에 앉아 고향집을 그린다. 단지 그리기만 한다.
귀촌하는 사람들에게 빌려 주지도 팔지도 않는다.
도시에서 밥술이나 뜨는 깡심은 고향 덕분이라나
그깟 돈 몇 푼 된다고 고향집을 팔겠냐고 애향심 넘친다
거두지도 돌보지도 않는 빈집들은 지들끼리 집을 지
킨다.

이제는 박씨도 김씨도 들어오지 않는 우리동네
절벽 위의 소나무 같이 귀한 청년 몇 몇은
도시로 떠날 마음을 다잡느라 서둘러 추수를 하고
아이 둘 데리고 귀향한 진주할매 노래하는 딸은

어쩔 수 없이 읍내에 집을 샀다.

하나 둘 불빛은 꺼져가고
마을회관 한 군데만 사람소리 남을까 서럽다.

소멸로 가는 길

한쪽이 무너져 내린 서까래
꾸부정하게 굽은 기둥
여남은 식구가 두레상에 둘러앉아 오순도순 복닥복닥
정겨웠을 대청마루에는 흙먼지 수북이 쌓여있고

한 자락 반가운 소식 물어 와도
전해줄 곳 없는 까치는
늙은 감나무 가지 끝에서 한가롭게 바람을 타고
온 뜰 안에 잡초 무성해도
옛 주인 닮아
빈 장독대에 봉숭아꽃 한 포기 정갈하게 물들어 있네.

자식 잘되길 바라는 희망과
손자 손녀 품에 안고 살갑게 살고 싶은 바람
차곡차곡 쌓아놓고
외롭게 떠난 늙은 부부의 마음
안쓰러워
스러져가는 빈집이 보듬어 안고 가네

누구 없소

해마다 찾아오는 널뛰는 꽃샘추위에
도라지 완두콩 소담스러운 꽃을 피우고
마당 가에 맨드라미 봉숭아가 줄지어 피어있는
집 옆에 붙어있는 제법 큰 과수원
팔순의 할아버지과수원엔 풀 한 포기 없이 깔끔하네

가뭄에 콩 나듯 띄엄띄엄 찾아오는 자식들
어쩌다 전화 한 통화로 인사치레하는 손자 소녀
동네 친구들 하나둘 먼저 떠나니
경로당에도 마음 붙이지 못해

오롯이 과수원에서 달래는
외로움에
애먼 잡초만 뿌리 체 뽑혀나갔나 보다

죄인 1

아버님 돌아가시고 어머님 혼자 계셔
이제 힘든 고생 그만하시라며
몇십 년 전 도시로 모셔오고부터
고향집은 홀로 선 빈집이었다

추석을 앞두고 벌초하러 갔는데
부엌 큰방 작은방 마루까지
대나무가 쳐들어와 집을 흔드는 횡포에
대항할 힘도 없이 시름시름 앓고부터
결국 집이 폭삭 무너져있었다
어릴 적 가족들의 아린 흑백추억들도
무너진 대들보에 내 자존심마저 깔려
추적추적 내리는 비를 맞고 있다

고향을 지키시던 어르신들
한 분 두 분 세상 밖으로 밀려나면서
빈집은 늘어나고 사람소리 들리지 않는
이웃이 있던 그 빈집들 기웃거리다
내 발소리에 내가 깜짝 놀라고

폭삭 무너진 고향집을 보며
어릴 적 고향 저수지 얼음 위로
스케이트를 타면서 그 즐거움에 젖어
저수지 안쪽으로 깊숙이 들어갔었을 때
쩡 쩡 하고 얼음 갈라지는 소릴 듣고
뒤늦게 난감했던 그 기분 같은

도시의 화려함과 자본의 편리한 맛에
밀리고 밀려난 내 고향은 지금
무관심의 짙은 안갯속에 갇혀
끝내 요양원에 계신 어머님처럼
시름시름 앓고 있는 것이다

죄인 2

부모 손잡고 걸어가는 아이를 보면
가던 걸음 멈추고 한참을 보다
나도 저런 손주가 있었으면

사십이 가까워진 아들
결혼할 생각이 있나 없나
독촉하듯 물어도 대답은 묵비권
이젠 오락대신 결혼 포기한
여자 친구와 산행에 빠져있고

대나무 행운목이 꽃을 피울 때도
적게 열리던 대추나무에 염소를 매어두면
대추가 주렁주렁 많이 매달리는 것도
위기를 느껴 종족번식을 위한 것인데
그 이유를 모르는 사람 있을까

아내 말처럼
돈 없으면 결혼하기도 어렵다지만
결혼해도 출산을 포기한다는데

자식 교육을 잘못 시킨 것 같아
아들과 눈을 마주쳐도
부담과 압박 느낄까 싶어
내가 먼저 시선을 돌린다

집 한 채

상용호 어촌 마을 포구 옆 집 한 채
오가는 이들의 길목을 지키는 벽의 색이 바래졌다

녹슨 대문 안 넓은 마당은
발자국을 덮은 풀들이 우후죽순 자리 잡았고
빛을 반사하는 창문은 흐릿하기만 하다

집이 집이기를 멈춘 순간
따뜻함이 주소를 잃었고
남겨진 벽과 기둥 곳곳
거미가 떠난 거미줄만
문이 열리길 기다리며 늘어져 흔들거린다

집이
허물어질 날이 다가오는지
집 안을 휘돌아 나오는 바람 소리가
날카롭다

집

낡은 기와 위에 비 내리는 소리
부엌 가득 퍼지는 된장국 냄새
아이가 처음 말과 정을 배우고
관계와 세상을 배우는 집

집들이 이어져 길을 만들고
길이 모여 마을이 되고
서로 다른 창문 넘은 불빛이 모여
마을을 밝히고
낯선 이들 속에서
유대와 안정을 만들었다

옛 마을은
집에서 나온 얼굴을 보는 게 인사였고
배려와 관계를 만들었다

사람이 사라지고
집이 허물어지고
마을이 비워 버리는 공간에서

우리는 내일을 기약할 수 없다

고향이, 하현달

뒷산 등지고 안산案山 마주 보며 옹기종기 쪼그리고 앉은 집들, 어머니하고 부르면 맨발로 뛰어나와 따뜻한 품 내어 주던 곳, 하현달을 휘돌던 한 줄기 바람 휑하니 빈 마당을 쓸고 간다. 청솔가지 꺾어 아궁이에 불 지피고 골목마다 아이들 뛰놀던 와자지껄하던 시간 어디로 갔나? 차가운 겨울, 문고리 얼어붙고 따뜻한 구들장 등 따습던 날들 그리운 보름달에만 새겨두게 생겼다. 와자지껄 사람들 소리 대신 빈집을 제집처럼 드나드는 고양이만 야옹거리는데 부엌 아궁이 거미줄을 치고 지붕이 무너진 빈집들 살가운 것은 세월에 떠밀려 흔적만 아련하다. 울음 우는 아이도 없고 새색시도 없는 흑백영화 필름 같은 백발 숭숭 허리 굽은 어머니가 유모차에 끌려 치매 예방 점 백 고스톱을 치는 마을회관을 간다.

대감마님 속이 탄다

서로 좋아하는 것 같으니 가을걷이 끝내고
만덕이와 꽃분이를 짝 맞추어 혼례를 올려주었다는데
수삼 년이 지났는데도 아이를 낳지 않는다

곰곰 생각해보니, 아 - 알걸 알아버렸다

제 아이들 자기들처럼 살게 할 바엔 차라리
아이를 안 낳겠다는 것

예전에도 이런 생각을 했던 노비들도 있었을 테지

속이 타던 대감마님 큰맘 먹고 면천 약속이라도 했을까

이게 어디 그 옛날이야기인가 싶다

지금은 무엇으로 가난한 청춘남녀들의 구미를 당길까

부와 권력을 대물림 받은 이들만 대감마님인 세상

하루해가 무겁기만 한 사람들은 산부인과 폐업을
걱정하지 않는다

나라님 걱정이 태산이다

안부를 묻는다

20대와 70대 인구가 나란하다는 뉴스를 듣다가 남편 떠난 뒤 내내 누워만 있던 경자가 벌떡 일어났다는 소식을 듣는다 손자 보기를 소원했던 남편과 아들 하나 딸 하나, 칠 형제 자매를 둔 엄마에 비하면 얼마나 단란한 가족인가 남편의 부재가 아직도 실감나지 않는다는 경자는 칠 형제 자매가 모두 모일 때마다 찰떡같이 매 치면 더 차지고, 쑥떡같이 버무리면 부풀어 올랐다는 우리 어릴 적 시간이었는데, 아들도 딸도 결혼하지 않고 살겠단다 심지어 결혼을 해도 아이는 낳지 않겠다 손가락 걸고 맹세하고 양가부모 허락까지 받는 신혼부부도 있다고 한다 아버지 어머니 돌아가시면 훨훨 뿌리고 말겠다는 이야기는 그냥 이야기가 아니다 자식들 낳아봐야 뭔 소용이냐고 한참을 전화기만 붙들고 있었다는 경자 소식을 듣는다 아픈 허리 부여잡고 어기적어기적 화장실 가는 남편 뒤를 따라 새삼스럽게 내 안부를 묻는다

만복상회

서툴렀던 사랑이라고 누가 말했나
열심히 하루하루를 살아냈던 아버지 어머니
사랑이 무엇인지 몰라도 함께 살아왔고
슬픔이 무엇인지 몰라도 함께 견뎌왔던
아이들 머리 쓰다듬으며 커 가는 것 보면
산이 높아도 발아래고
강물이 깊어도 한 걸음 인 것을
오밀조밀 왁자지껄
작은 집 문간에 걸린 만복상회
오시는 분 만복이 깃들기를 바랬던가
해가 지는 만큼 산천은 더 넓어지고
강물은 더 깊어가기만 했던 집에
하나 둘 찾는 이 줄고
아버지 돌아가시고
황혼이 깊을수록 엄마 그림자만 남아
마른기침 한 번 할 때
언니는 서울로 나는 창원으로 떠나고
큰 아들이 쓰러졌던 집
마지막 기둥하나 남은 집엔

아버지 사랑도 어머니 슬픔도
가수가 되겠다던 언니의 바램도
선생이 되겠다던 동생의 미래도
고요 속에 묻힌 집

집들이 누워있다

사람이 떠난 마을에 집들이 누워있다
그 집에 눌러 붙은 추억만 남아 있는 집
1년 내내 아무도 찾지 않는 집
아버지처럼 한 쪽 어깨가 축 처진 집
어릴 적 빈집을 두고 귀신 나오는 집이라며
수군대던 그런 집에 거미들만 제철이다
이런 집이 동네에 수두룩하다
시골에 살러 들어가는 이들이 종종 집을 찾지만
선뜻 집을 팔려는 이들이 없다
부모에게 물려받은 집이지만
무슨 부모와의 추억 때문만은 아니다
돈이 될까 싶어 꽉 쥐고 있는 것이다
오히려 어떤 시골은 토박이 보다
살러 들어 온 이들이 더 많다
그들도 대부분은 머리가 희끗희끗하다
동네 한가운데 보다는
동네에서도 좀 떨어진 곳에 농막을 놨고
사는 이가 대부분이다
도시에서 찌들은 영혼을 달래기 위해 왔을 것이라는

추측만 해 본다

개 짖는 소리만 빼고 나면 동네는 괴괴하다

아이들 울음소리나 웃음소리가 사라진지 오래다

도시에서도 아이들을 낳지 않겠다는 젊은이들이 대부분
인데

시골에는 아예 젊은이가 없다

사람이 사라진 마을에

어깨가 처지고 허리가 꺾인 집들만 남아

마을을 지키고 있다

여전히 사람들로 붐비는 고향

토박이 중에 여든이 넘은 남자는
한 분도 없는데 여자는 몇 분이나 계신다
가장 어린 나이가 쉰 중반이고
모두가 예순에서 일흔을 살고 있다
나이를 따져도 여자가 위고
숫자를 따져도 여자가 많다
마을에 들어온 분들도 60대와 70대가 대부분이다
마을이 늙어도 한 참 늙었다
그래도 있을 것은 다 있다
회관도 번듯하고 운동 기구도 턱 자리를 잡고 있다
구석구석 가로등도 밝고 쓰레기 분리수거장도 반듯하다
빈 차로 들어올 때가 더 많지만
하루에 두어 번 읍내까지 운행되는 버스도 있다
무엇보다 앞산과 뒷산 사람이 가꾸었던 밭에는
여전히 고향 떠난 이들로 벅적인다
내 아버지도 한자리 차지하고 있다
언젠가는 나도 이곳에 집을 짓게 될 것이다
늘어나는 것이 빈집이고
늘어나는 것이 무덤이지만

살고 죽는 것을 빼고 나면 고향은 여전히
사람들로 붐빈다

누가 달을 베어 갔을까?

백여 호 넘던 동네
껍데기만 남은 사십여 호
도시로 알맹이가 빠져나간
빈집 같은 낡은 사람들만
볕살 바른 곳에 옹기종기
빈지 20년을 넘긴 옆집
위채와 아래채 사이
만월같이 둥근 마당 가
옹기종기 모였던 장독대도 깨어지고
대나무만 무성해
달빛조차 들지 않는
낡은 집을 지키고 있다
불빛보다 환하게
온 뜰 왁자하게 꽉 채웠던
그 달빛은
누가
베어 갔을까?

빈집

봄이 되자
달려오는 부음訃音
사람의 숨결 끊어진
빈집은
집주인이 되었다
옆집도
그 뒷집도
모두 주인이 될 날
멀지 않았다
집도
빈속이 무서워
밤마다
가는 숨결을
보듬고
어루만진다

제 2 부

그래 피어라 너도 꽃인데

쪽동백

동백나무와는 다르고 열매도 꽃 핀 모습도 때죽나무와
더 가까운데 열매가 동백나무보다 작다고 쪽동백이라 부른
다 조롱조롱한 때죽나무 꽃보다 더 많이 매달리는 꽃들은
이미 떨어졌는 듯 보이지 않고 열매만 달려 있다 신불산
파래소 폭포 지나 간월재 가는 길에 한여름날 노각나무 꽃
피어 내 마음 반가우나 쪽동백 꽃이 그리운 내 마음을 소
롯이 알지 못한다 어찌할 거나 내가 너와의 잃어버린 추억
을 찾아왔으나 너무나도 늦게 왔으니 말이다

적석산

우리 겨레 한(恨)이 뭉쳐 바윗돌 되고

그 돌이 겹겹이 쌓여 적석산 되었나요

동해 물과 백두산이 그립고 그리워

바위처럼 단단한 그리움이 쌓여

적산이 되었나요 적석산이 되었나요

어제는 저 멀리 바닷소리 들으셨나요

오늘은 저 멀리 영산을 보고 계시나요

언제쯤이면 돌처럼 쌓인 그리움이

눈 녹듯이 사르르 녹을까요

적석산에 오른 이 땅의 민초들은

오늘도 겨레의 한을 푸는 해원굿 되어

민족의 평화와 하나됨을 빌고 있어요

*고성군 구만면과 창원시 진전면 일암리가 경계를 이룬 곳에 있는 적석산(積石山, 해발 496.8m)은 산의 형세가 마치 돌을 쌓아 올린 듯한 모양이어서 적석산으로 불리며 쌓을 적(積) 자를 써서 적산이라는 이름도 있다.

하늘을 향해 피는 꽃

국민을 처단하겠다는 계엄과 내란 이후 울화통이 터져 수개월 동안 힘들게 지내다 대선으로 어지간히 씻겼지만 오른 골이 없어지지 않았다 봉림산에 올라 쥐똥나무 꽃향기를 맡고 싸리나무 꽃 핀 모습을 보고 멋지게 뻗은 사방오리를 보고 대숲을 걷고 나니 화가 조금은 사라진다 소목고개 지나 용강 고개 가는 숲 속의 새소리와 산딸나무 꽃이 마음을 편안하게 하는 것처럼, 사람주나무 꽃이 하늘을 향해 피는 것처럼 이 땅의 정치가 국민을 안녕하게 만들고 오직 하늘 같은 국민을 보고 피어올라야 한다

사자왕 형제의 모험*

글을 읽으면서 마음이 무거워져갔다 죽는 것이 아름다워
지는 것만 같아 덮을까도 생각했으나 점점 팽팽한 긴장감
으로 단박에 읽어나갔던 동화, 두려움과 상처를 이겨나가
는, 겁이 많았던 소년의 모험이 기운차게 전개 되었고 책
을 읽는 동안 내내 가슴 졸이게 만들었다 삶에 대한 희망
을 버리지 않았기에 이웃 마을까지 힘을 모아 독재자를 물
리친 것이었다 오로지 자신만의 자유를 위해 계엄을 선포
한 독재자가 떠올랐고 '사람답게 살고 싶어서' 억압에 맞
서 촛불을 든 여리면서도 끝내는 용기 있는 이 땅의 시민
들을 보는 것 같았다 한강이 추천 글을 쓰면서 빛고을 광
주와 오월의 시민군을 생각한 것도, 내가 칠레의 민중가요
'우리는 승리하리라'는 노래가 생각난 것도 결코 우연한
일이 아니었다

*스웨덴의 세계적인 동화 작가 아스트리드 린드그렌의 서정적인 판타지 동화.

모감주나무

한여름에 산청군 단성의 한 도로에서 처음 만났다 꽈리
모양의 열매들이 달려 있어서 차를 세우고 유심히 본 나
무였다 다시 그 길에서 노란 꽃이 짙게 핀 것도 보았다 그
뒤로 오랫동안 그 나무를 잊고 살았는데 도청 숲에서 이산
가족처럼 만났다 떨어진 까만 씨앗을 보다 "이게 뭐지" 하
면서 위를 보니 독특한 열매가 달린 바로 그 나무였다 그
동안 잊고 산 것이 미안하여 뜨겁게 안아 주었더니 귓속말
로 "이제는 나를 잊지 마"하는 소리가 들리는 듯하다 바람
이 불어오니 씨앗 품은 열매들이 저 푸른 하늘로 날아오른
다 우리 겨레 하나된 약속의 땅으로 날아간다

나의 빼앗긴 성

이 세상에 나를 처음 보듬어 준 그 집
나를 감싸고 길러낸 상상 그 이상의 우주
빼앗긴 후로
담장 너머로 슬쩍 훔쳐볼 때마다
꼭 붙들고 있던 기억들이 하나둘 걸어 다니고

곳곳에 숨겨진 이야기를 헤집다가 파인 곳에
생각의 알을 낳아두고 온 밤에는
기억이 수수께끼를 푸느라 몸살을 앓는다.

내 쓰러지는 날까지만이라도
두려운 날 외로운 날
온갖 흔적들로 말을 걸어줄 수 있도록
그대로 버텨주기를 바라는 간절한 나의 성지

그래 내가 지키지 못한 것이 아니라
내가 이기지 못한 세월에
차라리 빼앗겼다고 치자
그래야 내가 눈을 감아도 덜 서러울 것이니

51

시집과 새집

나도
살아온 날이 자주 시려오고
살아갈 날이 자꾸 기울어지는데
너무 오랫동안 시간을 끌었다.

그래서 시집을 내기로 했다.

청호도
살아온 집이 자주 시려오고
살아갈 집이 자꾸 기울어지는데
너무 오랫동안 시간을 끌었다.

그래서 새집을 짓기로 했다.

둘은 다 늘그막에
아내에게 선물을 주려고
바람든 세월을 달래주려 시집을 처음 내고
바람이 들지 않는 따뜻한 새집을 처음 지었다.

그 겨울

시를 짓고 집을 짓는다고 먹먹했지만

너무나 따뜻한 겨울이었다.

다음엔 둘이서

오래오래 붙어 있도록

한 시집에 따뜻한 시로 새집을 짓자고 했다.

유언

내가 태어났을 때 어땠는지 몰라서 물었는데
아무 말도 하지 않았다.

내가 어떻게 자랐는지 희미해서 찾아갔는데
흔적조차 없이 사라졌다.

내가 어떻게 살아가야 하는지 마음이 떠돌면
자꾸 발목을 붙든다.

작은 시골 동네에 뿔뿔이 흩어진
내가 살았던 집들
아마 나 혼자였으면 풀지 못했을 그 이유

어린 나를 두고 갈 줄 알고
그렇게 가끔 둘러보고 정이라도 붙여가며
고향에 있어 달라고 곳곳에 유언을 남겼을까

내 곁에 우두커니 집으로 에워싸고 있는 부모님
애끓는 늦둥이를 돌보고 있다.

비밀의 문

그해 가을, 집 마당을 온통 꽃밭으로 만든 아버지
몸져누워 겨울 고개를 넘다가
봄을 끌어당기듯 새벽녘 먼 길을 가셨다.

나는 아버지 가시는 길 창문을 활짝 열어드리자
아버지는 꽃밭에 목련꽃을 활짝 피워놓고 가셨다.

아버지 이승을 나서던 그 문짝을 떼서 들고
그 집을 떠나 객지를 사는 동안 내내
나는 그 문짝을 들락거리며 아버지를 더듬었다.

집안에 세워둔 오른쪽 창문짝으로
낮에는 내가 아버지를 만나러 나서고
집밖에 세워둔 왼쪽 창문짝으로
밤에는 아버지가 나를 보러 오셨다.

따뜻한 양지쪽에 세워둔 아버지 다니시는 창문짝
깊은 밤 달빛에 언뜻
창호지가 하얀 목련꽃처럼 만발하며 활짝 웃는다.

갈대의 은어

아직 사랑한다 하지 않았다면
이제라도 사랑한다 하려거든
그와 함께 가을 갈대숲으로 오라

머뭇거리는 당신 대신
사랑하는 그대에게 고백해 주려니

이미 놓쳐버린 사랑한다는 그 말
돌이켜 고백하고 수없이 고백해 주려니
그와 함께 가을 갈대숲으로 오라

어쩌면 다시 오지 않을 이 순간에
온몸에 잎을 그어서라도
싸르르 싸르르 고백해 줄테니

바싹 말라 희끗한 갈대가 되도록
쌓이고 쌓인 그 한마디 겨우 한다고
바람결에 온몸을 부비며
이토록 사랑을 고백하고 있으니

만약 사랑하는 그대가 곁에 없다면
혼자서라도 가을 갈대숲으로 오라
나와 함께 싸르르 싸르르 부비며
먼 그대에게 사랑의 고백을 바람에 날려보려니

그래 피어라 너도 꽃인데

화단에 앉아 개여뀌 진득찰 별꽃아재비 바랭이 강아지풀
골라가며 뽑아내다가
누가 내게 저 작고 붉은 여뀌꽃을 뽑아내라고 시켰나
누가 내게 연두빛으로 갈빛으로 피어나는 주름조개풀
저 풀꽃을 잡초라고 말했나

쪼그리고 앉아 이름 부르며 열매 맺느라 꽃잎 말라가는
내 주름진 손을 내려다 본다

다알리아 꽃그늘에 숨어 핀 개여뀌를 햇빛 아래로 쓸어
준다
맨드라미 붉은 꽃무더기에 치여 굽어자란 강아지풀도
한자리 내어주고 그 아래 별꽃아재비 노란 꽃도 북돋아
준다

손톱 밑에 싹이 틀 것처럼 들어찬 흙을 털어내고
핸드크림으로 단장 하고 부채손을 펼치며
화단에 앉아 그래 그래

너도 피고 나도 피고

극우전선의 목사들

우우우우 바람이 분다
추풍에 흔들리는 낙엽이 아니다
광장에 나부끼는 깃발도 아니다
먼지처럼 일어났던 것들이
돌풍, 몹쓸 빛깔의 구호로 춤춘다

기도하던 두 손에 피켓을 들려
무지몽매 경천동지 미친바람이 분다

하나님 똥구멍에 불을 지피자고
광광광 북쪽에서 뛰면
남쪽에서 불어 올린 불쏘시개가
소지처럼 하늘로 오르고

자본국의 지폐가 검은바다를 건너와서
일본기 성조기 태극기가 만장처럼 휘감은
광화문 광장 늙은 호주머니 속으로
하나님을 구겨 넣고
구국기도에 목이 쉬는 단상에는
하나님의 이름으로 연발탄을 발사중이다

지는 꽃은 열매에 미련 두지 않는다

아직도 자나?
좀체 없던 일이다.
이제 겨우 여섯신데

선걸음에 떠날 사람처럼 오롯이 서서
내 반지는 너 주고 목걸이는 우짜까?
팔찌는 너 올케주고....

다섯 시가 넘어 겨우 잠들었던 머리속이
안개 속을 채 빠져나오지도 못했는데
엄마는 외상값 갚으러 온 사람처럼
그렇게 서서

팔십 평생 살아온 삶의 유산 금붙이 몇 개를 두고
밤을 샜나보다

엄마는 그것이 무겁나? 이 새벽에
하고많은 시간이 그리 흘렀어도 우리한테
줄 거 생각나니 신이 났나 보오

가실 날 눈앞에 서성대니
떨어지는 꽃잎도 서럽다던데
뭐가 그리 무거워 그래쌌소

지는 꽃이 열매에 미련이 남으면
제대로 못 떨어진다.
파킨슨 몹쓸 놈의 병마가 내 정신까지
갉아먹기 전에   줄라고

이 새벽에 엄마는

미운사람

한 강연장에서 강사가
제일 미운사람 한사람을 떠올려보라는 말에
눈을 질끈 감았다.

내 안을 갉아먹던 수많은 시간이
소화불량으로 울렁거리다가 발효되지 못했던
사람, 사람들이 거울방을 돌며 노려본다.

배신은 누가 누구를 저버린 것일까
사기와 기만은 내가 차려준 밥상 무전취식 했다고
붙여 놓은 이름이겠지
뭘 더 받았어야 이 미움에서 벗어날 수 있을까
온 영혼을 갉아 먹혀서 급기야 뼈만 남은 몸 하나가 떠
오른다.

버리지 못한 사람에 대한 미련이 덧칠 된 그림 하나가
우울한 고목 잎 떨구는 가을빛 아래서
흘러내리는 눈물을 붓질하고 있다

꽃을 피워 제일먼저 나에게 주어야지
고목 등걸에 깊은 숨구멍하나 내어놓고
퉁소처럼 깊게 흘러나와야지 내 노래

사랑한다. 사랑한다. 정말

타버린 재위에 꽃씨를 심으며

그나마 품은 게 있어 발끝이 땅에 닿았을까
칠흑의 땅위로 싹이 돋고 잿더미 거름삼아
뿌리 다치지 않은 고사리는 더러 풍작이기도 하단다

검은 기둥 늘어선 지리산 기슭에 젖은 바람이 불고
밤새워 쏟아진 물 폭탄에 뿌리까지 녹아내리니
화마와 수마가 쌍을 지어 산하를 유린했다

어디에 기도를 해야 하나
신들은 광장에 내몰려 빨갱이 색출에 동원되고
기후변화 환경재앙 하늘은 스스로 단죄의 회초리를 들
었다

기도하듯 꽃씨를 묻는다.
이 까만 땅 속에서도 코스모스 꽃대가 우주를 향해 피
겠지
죄지은 손은 거짓말을 뿌리고 재앙에 다친 자들은
그렇게 꽃씨를 심었다 을사년 여름

아픈 이별

몸이 불편해 요양원에 계신
장모님을 만나 뵙고 온 아내
밤새 이리 뒤척 저리 뒤척
쉬이 잠들지 못하고 있다

한번씩 처가댁을 갈 때마다
이리 해라 저리 해라
이것 하지마라 저것 하지마라
지청구처럼 언성 높여 간섭하던 아내
나는 아내를 나무라면서도
엄마께 저리도 애정이 없을까 싶었다

아내가 얼마 전 꿈을 꾸었는데
동네를 지나는 검은 승용차 안에
소복을 입은 엄마가 타고 계시기에
집이 여기다 내리라고 손을 흔들어도
쳐다보지도 않고 그냥 가셨다 했다

그러고 어느 날 자정 지날 무렵

갑자기 아내가 서럽게 운다
엄마가 돌아가셨다고
생전에 내가 왜 그랬을까
좀 더 다정하지 못했을까
자신의 행동들에 더 복받쳤을 것이다

아내 등을 조용히 다독이며
어머님의 건강한 거름을 먹고
이렇게 자식들 모두 잘 자랐는데
백세까지 고생만 하시다 가시는 길
은혜의 감사한 마음 담고 담아
활짝 핀 카네이션 꽃 같은 웃음으로
이제 편안하시게 보내드리자 했다

나는 어떤 사람일까

사람 따라 돈이 움직일까
돈 따라 사람이 움직일까

남의 말을 곧이곧대로 믿는 사람
남의 말은 의심부터 하고 듣는 사람
남의 말을 잘 퍼트리는 사람
남의 말은 함부로 전하지 않는 사람

눈에 보이는 길만 가는 사람
스스로 길을 만들어 가는 사람
가는 길 막힘을 예상해 준비하는 사람
남이 가니까 무조건 따라가는 사람

어렵고 힘들면 그냥 포기하는 사람
어렵고 힘들어도 극복해 나가는 사람
다니는 회사 돈이 적다며 불만 앞세워
사장과 크게 다투고 사직하는 사람
다니는 회사 돈은 적어도 동료들이 좋아
힘든 일 없어 그냥 다니는 사람

불의를 보면 못 참는 사람
불의를 봐도 모르는 척하는 사람
아부나 아첨으로 자신을 내세우는 사람
성실과 신용으로 자신을 인증 받는 사람

항상 두 얼굴인 사람과 돈의 세상
나는 어떤 사람이 되고 싶을까

습관

출근해 작업 시작하기 전 먼저
기계 전원 스위치를 켜고
오늘도 사고 없이 고장 없이 즐겁게
일할 수 있도록 해주십요 하고 빈다

처음 기술 배울 때
작은 사고 이후부터 몇십 년을
그렇게 인사하고 작업해 왔다

으르렁거리던 개犬도 먹이를 주며
머리를 자꾸 쓰다듬어 주면
꼬리를 살랑살랑 흔들 듯
기계가 내 말을 알아듣는지 몰라도
기계와 한 몸처럼 작업해 오는 동안
거짓말같이 아직 사고 한번 없었다

하루에 500명 넘는 산재사고를 보며
무사히 오늘 작업이 끝나면
기계를 깨끗이 청소해 놓고

오늘도 사고 없이 고장 없이
하루 일 잘 끝나게 해주셔서
고맙습니다 하고 인사를 한다

나는 이 노동이 끝나는 날까지
기계 앞에 서면 계속 인사할 것이다

도미노 2

계약직 수명도 꽉 찬 나이
문득 이제껏 배워온 기술
더 이상 사용할 수 없겠다는 생각에
동료께 전수시켜 주기로 했다

몇 십 년 어렵고 힘들게 터득했다지만
내 보다 젊은 동료께 알려준다면
그 동료는 배움의 시간을 더 단축시켜
더욱 발전된 기술로 진화될 것이다

성형연삭으로 자영업을 할 때
같은 직업가진 작은 공장 사장들께도
정확하고 빠른 작업이
경쟁력에서 살아남게 하는
내 그 노하우의 기술 알려줬다
지인들은 왜 그런 바보짓을 하냐 했지만
그 사장들도 자신의 기술들 알려줬고
그것은 또 다른 선의의 경쟁으로
상생의 힘이 되었다

도둑 같은 놀부 심보로 노하우 기술
외국 혹은 다른 업체로 빼돌려
사욕의 돈벌이 무기로 남용하면
결코 자신만 죽는 게 아닐 것이다

기술 전수를 해주면서
자네도 내처럼 이런 위치에 오면
내 보다 더 발전된 그 좋은 기술
후배 동료께 꼭 전수시켜 줘야한다고

작업장에서

계약직으로 근무하는 금형부
내 나이가 최고 많지만
나이가 많고 적고를 떠나
회사직책이 높고 낮음이 아닌
먼저 보는 사람의 반가운 인사로
웃으며 하루일과를 시작 한다

사람과 사람이 만나면
인사하는 게 예의인데
회사임원이 권력인지 특권인지
그 양반은 먼저 인사 하는 법이 없다

출퇴근 때 입는 옷 그대로 작업장에
뒷짐 혹은 두 주머니에 손을 넣고
레이저를 쏘는 것 같은 눈으로
누가 농땡이 치나 어슬렁거리며 온다
중간간부의 소임을 무시한 채 꼰데 같이
저 행위가 밥값 하는 것일까

동료들이 인사를 해도 소 닭 보듯
아님 고개만 까 아 딱
건성으로 받는 둥 마는 둥이 싫어
인사하고도 기분이 좋지 않아
인사를 하지 않는 동료들 많아졌다

어느 날
작업 중 제품에 계산할 일이 있어
계산기를 사용하려고 휴대폰을 열자
오늘 지인의 조문소식이 있다
연장근무인데 어쩔까 하는 순간
틈을 비집고 들어오는 찬바람같이
"알 만한 사람이 뭡니까" 한다
이실직고를 하려고 뒤돌아보니
이 임원 등을 보이고 저만치 가고 있다

나이 많다고 본보기 표적이었을까
내년 재계약이 어렵다는 암시일까
직원을 회사 부속품으로 생각하는 공장

그려 계약을 해지하려면 해라

호롱불시대도 아니고

계약직의 족쇄에 매여 감시받으며

나도 일할 기분 전혀 아니거든

성심원 언덕에서

성심원 앞을 흐르는 경호강은
늘 그래왔듯 흐르고 또 흐른다

흐른다는 것은
머무름의 또 다른 이름이 될 수도 있을까

어제의 물결은 지나갔고
오늘의 물결도 잠시 흔적을 남기며 흐를 뿐
이내 부딪혀 부서지는 포말조차 사라진다

흘러온 길이 있다면
맞이해야 할 길도 있겠지

마지막 세대인 것 같은 한센인들의 과거를 담고
무심히 흐르는 강물에
내 마음도 실어 보낸다

바다로 가고 싶다

물결 이는 날엔
물결 위에 마음을 띄우고
바람 부는 날엔
바람에 아픔과 상처를 실어 보내며
화창한 햇살 속에서 오늘을 즐기고
따뜻한 바람에 기대어
지난 세월의 무게마저 흘려보내고 싶다

그러다 어느 한 날
숨 쉬듯 고요히
내뿜는 숨결 따라
바람결에 스며들 듯
훌훌 떠날 수 있는 날을 기다리는

그 망망의 자리로 가고 싶다

아무일 없는 하루

마산 앞바다를 끼고
무학산을 바라보며 달린다

서쪽 하늘빛이
천천히 어둠 속으로 가라앉을 때
무탈한 하루의 의미가 선명해진다

출근을 미룬 하루
부고 소식이 전해진 하루
통증이 없는 하루
사고 없이 집으로 돌아온 하루

하루의 무게는
크고 작음의 차이가 없고
그저 살아 있음으로 안심이다

몸의 한 부분
감당할 수 없는 진단을 받는 순간
어제는 꿈처럼 낯설어지고

노을빛으로 어둠으로 가는 빛을 따라
내일이 두려워지기도 했다

집으로 향하는 길 위에서
도시의 불빛에 반짝이는
바다가 북극성 같이 밝다

낮잠

한낮 햇살 눈부시게 번져와
창가에 스며든 빛이
아내의 고요한 등을 어루만진다

들숨과 날숨 사이로
한 주의 피로가 날릴 때
내일을 향한 해가
무학산으로 빠르게 흐르는 시간

모로 누운 아내 곁에 누워
숨소리 맞추어
등을 기대어 준다

허깨비 인생

김미자 할머니는
자식의 울타리 안에서
노후를 보내려 했다

없는 것까지 끌어모아
더 많이 가르치고
더 많이 밀어주며
수많은 희망을 품었다

남들처럼만이라도 바라던 소망은
폭언과 폭행, 가정 살림 파괴의 생채기로 남아
겨울 가지처럼 허허로울 뿐이다

시간은 붙잡을 수 없고
되돌릴 수도 없어
마침내 몸 하나 누울 자리조차 남지 않았다

학대피해노인보호기관 쉼터에서 삼 개월을 보내며
80년, 허깨비 같은 지난날을 담담히 풀어놓는다

야근

서쪽 하늘을 붉게 물들인
태양의 임종
어둠이 하늘을 덮을 무렵
시간의 꽁지를 따라
논으로 밭으로 간다

쇠를 깎는
공작기계들 늘어선 작업장
커다란 동굴 속 검은 그림자
대낮처럼 밝혀놓은
문명의 불빛,
욕망의 불빛,
자본의 불빛

그 아래 나도 동료도
삶이 포박당한 로봇으로 섰다

현기증 이는 아침을 맞기 위해
태양은 제 임종을 거슬러 오는지도 모른다

당신 누구요?

첫눈에
어디서 본 듯한데 기억나지 않고

하마터면,
우리 옷깃 스친 적 있었던가요?
말할 뻔도 했는데

언뜻 보니,
상대는 내 패를 읽고 있는데
나는 상대의 패를 알 수 없으니
이미 진 싸움이다

왠지 모를 애매한 눈빛

살면서 이런 느낌 처음이다

알 듯 말 듯 한 사람이
더 신경이 쓰이는 법

지은 죄도 없는데
내 살아온 날 곰곰
돌아보게 하는데

당신 누구요?

자본이 갑이다

요즈음 들어
젊은 친구들이 입사를 한다
수습 기간이 2년이다

2년 동안은 고용을 보장받는다는데
정규직이 되기까지
2년은 알 수 없는 시간이다

예전 3개월 수습 기간 지나고
바로 정규직이 되던 때를 비교해 보면
2년은 너무 긴 시간이다

특히,
노동조합에도 가입할 수 없고
2년 동안 정말 나 죽었소 하고 견뎌야 한다

그래서일까?
2년을 견디는 친구들이 별로 없다

이걸 더 노리는 게 아닌지
2년은 너무 잔인한 시간이다

부푼 꿈을 안고
첫발을 내딛는 사회 초년생을
딱 부려먹기 좋은 시간이 아닌지

법은 누구에게나 평등하다지만

생존의 문제에서만큼은
자본이 갑이다

떡값 십만 원

한 이불 덮고 자는
아내의 하소연을 듣는다

노동자에게도 계급이 있다고
서러운 차별 얘기를 듣는다

아내는 파견근로 비정규직,
갑이 아닌 을이다

정규직의 지시를 받고,
정작 일은 더 힘들게 해도
임금은 늘 최저시급이다

고혈을 짜내는 것이,
어디 이것뿐이겠냐만

훈훈하고 즐거워야 할 한가위,
정규직이 받아가는 상여금 대신
겨우 떡값 십만 원을 받아온 아내

못내 서러운 모양이다

아내를 정규직으로
만들어 줄 수 없으니

정작, 내가 더 아프다

능력주의는 폭군이다

"너 아버지 뭐 하시노"

우리 사회를 끌어가는 이데올로기는 능력주의이다

누구든 능력이 있으면 군림하고,
능력이 없으면 굴종하는 것이
너무도 당연한 것처럼 받아들여지고 통용된다

앞으로도 그럴 것 같다

부와 권력을 가진 이들에겐 능력주의는
더더욱 강력한 무기다

더 많은 부와 권력을 거머쥐는 도구다

생물학적,
좋은 머리를 타고나는 것도
부유한 부모를 타고나는 것도
알고 보면,

무슨 노력이나, 능력이 아닌,
그저 주어진 운이다

그냥 주어진 운이,
누군가에겐 능력이 되고
누군가에겐 무능이 되고,
굴종이 되는 것

어처구니없다

그냥 주어진 운을 선택할 수 있는 것이라면
누가 둔한 머리와 가난한 부모를 선택하겠는가?

운이 좋은 것도 능력인 세상이다

노력이 부족해서도 아니다
늘 노력이 능력과 일치하는 것도 아니다

그냥 주어진 운이

호랑이 새끼가 되는
능력주의 이데올로기에 침을 뱉으라

"너 아버지는 뭐 하시노"

풍경

조용하다는 말은 더 조용하다
고요하다는 말은 더 고요하다
풍경이 풍경을 펼칠 때마다 풍경이 풍경 속으로 숨는다
저 멀리 공장굴뚝에서 하얀 연기가 구름 속으로 사라진다
내 마음도 함께 사라진다
풍경이 풍경을 잡아 먹는다
고요가 고요해진다

강 앞에서

잊으려 하면 더 선명해지는
잊을만하면 다시 스멀스멀 살아나는
기억의 강은 넓고 깊어 건널 수 없는 강
예순 다섯 해를 앞에 두고
망각의 강을 건넌다
말이 기억이 되는 것을 본다
잊어버린 기억이 몸에 집을 짓는 시간
잊으려 하지 않아도 잊고 마는
아무리 기억을 더듬어도 기억나지 않는
오늘도 망각의 강을 건너는 중

규칙과 질서

엄마는 아이에게 화살표시를 따라 가야한다고 일러준다
아이는 이쪽 저쪽을 보다가 엄마가 일러준 화살표시를
따라 간다
규칙과 질서라는 말은 좋은 말이다
그르지 않은 말이다
그러나
우물 밖을 알 수 없었던 내 어린 시절
왼쪽으로도 오른 쪽으로도 가고 싶었던 나는
내 아이에게는 화살표시를 따라 가라고 강요했던,
너무 늦은 시간은 없다고
지금이라도 화살표시 반대 방향으로 걸어가 보고 싶다
나는 여전히 우물 밖이 궁금하다
그러나 화살표시가 갈수록 선명하다

그러려니

그러려니가 안 된다
성격 탓이 크다
아버지에게 물려받았다
엄마는 늘 그러려니 했다
비가와도
바람이 불어도
심지어 내가 대학에 떨어져도,
그러려니 그랬다
한시도 가만있지를 못하는 나는
시내버스를 타도
아이들에게 음악 공부를 시키면서도
식당에서도
아들은 이제 좀 마음을 내려놓고 살라한다
남편은 포기 한 지 오래다
그런데 그러나 그게 안 된다
옳은 것은 옳고
그른 것은 그른 것이다

봄 감기

　도시락을 잊고 왔다는 송이가 생각난 것은 목련나무 아래 앉아 봄 햇살을 안고 나서였다 그 후 나는 봄만 되면 감기몸살을 앓았고, 기침을 할 때마다 목련나무는 툭툭 코피를 쏟았다

바람에 물어보는

푸석 마른 흙이 몸을 일으키는 저녁입니다
누가 있어 이 찰랑찰랑 속삭이는 저수지까지
나를 불렀을까요
바람 불지 않으면 마른 흙 한 줌 일지 않는다는 것을
이른 저녁 별들은 알고 있나 봅니다
바람 불고 마른 흙의 몸이 바람을 따라 떠다니는
이런 시간을 무엇이라 불러야 할까요
둑길에 오래 서서 온몸 바람에 맡겨 봅니다
지금 내가 바람 앞에 서 있듯
어디든 길 일러 줄 바람을 기다리는
이런 시간이 당신에게도 있으면 좋겠습니다

그곳에도 눈 내립니까

이른 아침 무심코 창문 열었더니
눈 내립니다
숫눈에 한 발 한 발 발자국 새겼던
당신을 생각합니다
생각만 해도 가슴이 마구마구 뜁니다
어느새 눈앞이 아득합니다
편지라도 띄워 보내야겠습니다
계신 그곳에도 눈 내립니까
눈 내려 혹, 눈앞이 캄캄하지는 않습니까
손등에 닿자마자 녹고 마는 눈, 보고 있자니
당신과 함께한 지난 시간이 눈빛입니다
저 눈밭에 마음 한 가닥 꾹꾹 눌러 새겨 보지만
금방 녹고 맙니다
두렵습니다
당신이 새겨 논 발자국이 사라질까
마음이 먼저 녹아내립니다

눈 내린 아침

　소 콧김에 눈을 뜨는 아침 새소리 청명淸明하다 새삼 생
각 노니 지난가을은 쏜살같았고 이봄은 눈부셔 아득하기만
하네

저녁 해가 따뜻한 시간입니다

누군가 창문을 살짝 열고 들여다봅니다

긴 하루
시간은 언제나
지나간 뒤에야 후회를 낳지만
되돌릴 수 없는 것이 시간이라는 것을
너무 늦게 알았답니다
병원 건물 앞을 지나칠 때만 해도 몰랐답니다
손톱 밑에 작은 가시가 박히고 나서야
내 지나온 발자국이 보인 것처럼
아버지는 늘 말씀하셨지요
애야, 착하게 살아라
병실에 시간을 가두어 놓고서는
무슨 말 하고 싶을까요
내일이 보장되지 않는
일상이 단절된 벽 앞에서
무슨 꿈을 꾸고 있을까요

겨울 햇살

하얀 시트
시작과 끝
내내 한 치 어긋나지 않는 하루지만
오늘과 내일 사이 길 내겠다는 듯
슬쩍 창문을 열어놓는
저녁 해가 따뜻한 시간입니다

늦은 봄날 오후

살짝 부는 바람에 꽃잎이 떨어집니다

가만 바라보는 것만으로도 울컥하는

이 고요

거미 집

사람이 떠난 자리에
거미가 집을 지었다

바람에 삐걱대던 문짝도
쉼 없이 지나가는 계절에
고단함을 내려놓았다

그늘진 마당가에
먼지 쌓인 기억의 틈으로
햇살이 조심스레 내려앉는다

버린 적 없으나
돌보는 이도 없어
기울어진 대들보

부엌 한쪽 내려앉은 찬장은
엄마가 간식으로 두었던
고구마와 조청 묻은 숟가락
찐 옥수수 몇 알의 온기를

아직도 기억하고 있을까

쌓이고 쌓인 먼지가 바치고 있는 찬장 문
그 위로 눌러앉는 시간이
두껍게 쌓일수록
바람은 마당을 채웠던
옛 발자국들의 기억을 지우고

누군가 다시 문을 열 때까지
마당은
햇살의 먼지와
낡아가는 발자국을
지키고 있다

달팽이

엄마가 벌떡 일어서다
어지러워 주저앉은 날부터
속이 매슥거린다기에
덜컥 하는 마음 붙잡고 병원에 갔다

달팽이관이 흔들렸다는 진단 뒤
엄마는
달팽이가 되었다

빨간 초보 운전

지갑 속에서
걸어서 지하철로, 버스로 따라다니던
아들의 면허증이
집을 다녀가고 난 뒤

신호위반 고지서가 도착하고
빨간 내 차는
더 빨갛게 물들었다

주차하다 긁힌 상처엔
비싼 빨간 약을
발라야 하는데

"엄마, 미안"
한마디에
빨간 내 지갑이
입을 열어야 했다

속도 내며 달리던 도로에

갑자기 나타나
색시걸음 걷듯 느린
앞차의 빨간 초.보.운.전 딱지

위험물 경고 같기도 하고
나의 처음 같기도 하고
무엇보다
속도 올리면 곁에 있는
내 간이 졸아드는
아들의 운전 같기도 해서

나는
슬금슬금
게걸음으로 비켜갔다

사진

오래전 앨범을 펼쳤다
사진 속 얼굴은 모두
새싹 돋는 봄을 기억하고 있었다

높은 산을 혼자 오른 피로에서도
고독은 찾아볼 수 없는데

따뜻하고 포근한 이부자리에 나와
김이나는 밥상을 받고
때때로 차려입고
절경을 찾아다녀도

계절은 늘
시린 겨울이거나
땡볕 아래서 헐떡이는 여름이거나

수 없이 찾는 전화벨을 품고 있어도
외롭고
공감하며 마주 웃는 웃음조차

고독한

계절은 봄이 왔는데
아무리 성능 좋은 카메라 들이밀어도
다시는 담을 수 없는
내 봄이다

소금 바람

봄바람 지나며
동백의 목을 꺾었다

피 흘리기도 전에
소금 바람 지난다

그래서 동백 진 자리는
덧나지 않는다

땡강 떨어진 동백 위로
소금 바람 지나고 또 지나도
즈려 밟지 않는다

동백이
함부로 향기 흘리지 않을
딱
그만 큼이다

그래서 동백은

그 자리에서
봄날의 소금 바람을
다시 기다린다

제 **3** 부

기획특집 문영규 시 읽기

겨울

얼마나 두꺼운지
볼려고 그랬나
누군가 얼음판에 꽝!
던진 돌멩이

쩡 금간 얼음판에
가만히 엎드려
미안하다는 돌멩이
괜찮다는 얼음판

출처/문영규 시집 「나는 안드로메다로 가겠다」(갈무리, 2016)

〈시를 읽고〉

얼음판에 던져진 돌멩이는 차갑다. 돌멩이에 금이 간 얼음판은 아프다.

그럼에도 돌멩이는 오직 미안할 뿐이고 얼음판은 꽝! 쩡! 상처에도 아무렇지 않게 괜찮다.

시인은 얼음판에 던져진 돌멩이 하나를 보고도 따뜻하

다. 그래서 두껍게 얼은 '겨울'을 이기고 견딜 수 있는 것
이다.

　난 문영규 시인을 잘 모른다. 하지만 나를 뺀 아홉의 동
인들이 문 시인을 보는 눈은 남다르다. 그의 시가 냉철한
이성과 안목으로 세상을 바라보기도 하지만 따뜻하기 그
지없기 때문이리라. 무엇보다 그의 삶이 인간애 넘치고
따뜻했기 때문이리라. 그의 따뜻함이 더욱 그리운 '겨울'
이다. 그의 따뜻함을 만나고 싶다.

향기

태풍이 몰아치는 이른 아침
까무러칠 듯 떨고 있는
박하 화분을 옮기려고 다가갔다

이게 웬일인가
박하 향기가 평소보다
더욱 진하게 코를 찌른다

박하는 위기의 순간에
오히려
향기를 내 뿜는다

출처/문영규 시집 -『나는 지금 외출 중』 (푸른사상, 2014)

〈시를 읽고〉

향수를 뿌리지 않아도 향기가 나는 사람은 어떤 사람일까? 알을 낳기 위해 물살을 거스르며 죽음을 무릅쓰고 오르는 연어처럼, 마지막 남은 온 힘을 다해 솟구치는 열성을 다할 때, 그것이 식물이든 동물이든 사람이든 우리들은 그들의 존엄성에 향기를 느낀다. 위기를 극복하는 대처도 감동이지만, 위기의 순간에도 의연한 향기를 뿜으며 자신을 가다듬는 매무새야말로 참으로 아름답지 아니한가? 작품 「향기」에서 문영규 시인의 성품을 고스란히 느낄 수 있다. 단편적으로 그는 병이 악화되는 와중에도 밖으로 의연했으며, 죽음이라는 문턱에서도 차분하게 보였다. 본인의 속내가 어떠했는지는 아무도 모른다. 하지만 죽음으로 향하는 그에게는 절체절명의 위기였을 것이다.

위기를 대처하는 여러 부류가 있다. 죽음에 이르러 한탄과 원망으로 마감하는 이가 있는가 하면, 절체절명의 기로에 선 주변에 자신을 망설임 없이 던지는 사람이 있다. 자신의 명예와 위신에 도전한다고 보이는 자에 대해 무자비한 지탄과 경멸을 가하는 경우가 있고, 일상에서 자신의 양심이 흔들리는 위기를 배반하며 아무렇지 않게 반대의 길을 가는 경우가 있다. 주변의 위기에 대해 자신을 속이고 눈을 돌리는 자가 있고, 주변의 빈틈을 노리고 자신의 이득을 슬그머니 챙기는 자가 있다.

그러나 문영규 시인은 자신을 늘 관조하며 남에게는 조용하고 배려가 넘치는 사람이었다. 그는 의인義人이다. 의인은 옳은 사람이고, 옳다는 것은 어떤 기준에 비추어 보아 어긋남이 없다는 뜻이다. 의인은 자신을 속이지 않고 안팎이 똑같은 사람을 말한다. 의인은 위기의 순간에 자신보다 주변을 먼저 생각하는 사람이고 나의 수고로움을 아끼지 않고 남을 위하는 사람이다. 그는 이 세상을 떠나고 없지만 죽은 사람이 산 사람을 살린다는 말 같이 이 짤막한 시 한 편은 세상을 살아가는 사람들에게 위기 앞에 누구나 흔들리는 자신이 비굴하지 않게 가다듬도록 가르침을 주고 있다.

아카시아 필 무렵

나는 이다음에
안드로메다로 가겠다
그 곳에 가서 태양계를 보겠다
지구를 보겠다 당신을 보겠다
그 곳에 가서 나는 당신에게
이상향이 정토가 피안이,
여기라고 말하겠다

메밀꽃 핀 밤 풍경을
소금 뿌린 듯 하다고
선대 문학가께서 말했지만
먼산 희끄무레하게
아카시아꽃 핀 풍경을
안드로메다의 그림자라고 나는 말하겠다

아카시아꽃 향기는
정토의 향기라고 말하겠다
꿀의 달콤한 맛은
잊었던 안드로메다의 맛이라고 말하겠다

우리의 고향이 안드로메다임을 기억하라는
맛이라고 말하겠다

꿀벌들은 안드로메다의 전령이라고 말하겠다
이맘때는 날씨가 화창해서
꿀벌들께서 작업이 순조롭기를 빌겠다

출처/문영규 시집 『나는 안드로메다로 가겠다』(갈무리, 2016)

〈시를 읽고〉

안드로메다에 띄우는 안부

그대, 그 곳은 어떠신가요? 바람이 불지 않던 올해는
아카시가 피고 꿀벌이 날았지만, 사람들은 열심히 꿀을
따고 메밀을 심었지만, 꽃 언덕을 어루만지던 바람이 잠
잠해 구름을 밀어내지 못하고 그대 계신 곳에 보내던 수
신호가 캄캄했습니다. 당신이 보내던 위기신호를 지리산
과 황매산을 넘지 못한 구름층이 움직이지 못하고 속수
무책으로 쏟아져 벌들도 아카시나무도 메밀밭도 속절없
이 무너졌습니다. 정토의 향기가 안드로메다에 닿지 못하
고 꿀벌은 무거운 날개로 당신계신 곳에 안부를 띄울 수
없어 전령의 날개도 형편없이 뭉개졌습니다. 차라리 태풍

이 불어와서 물먹은 구름이 지리산을 넘게 해주지... 바람을 원망하는 한 숨 소리로 당신의 고향땅이 많이 아팠습니다. 가을바람이 불어준 지금은 산국에 꿀을 빠는 벌들의 날갯짓이 희망찹니다.

어쩌면 안드로메다도 위험할지 몰라서 당신께 전령을 띄웁니다. 지구와 태양계의 띠를 잇던 오존층이 무너지고 이제 안드로메다로 보내던 꿀벌의 수신호는 자외선에 화상을 입었을 거예요. 이전과 같은 것들은 모두 낯설어졌습니다. 봄꽃 날리던 날 당신께서 구성지게 부르던 연분홍치마도 봄바람을 만나지 못하고 아카시꽃이 흐드러져서 배부른 꿀벌이 더 많은 꽃을 피우는 날갯짓도 어쩌면... 안드로메다에서나 볼 수 있을지도 모른다는 불안이 온 세상을 뒤덮은 올 해의 칠월은 너무도 슬펐습니다. 부디 안드로메다도 안녕하시기를 기도해야하는 절망의 날들이 당신을 그리는 하늘에 안부 한 편 띄웁니다.

마침표

십육 번 버스에서였다
북마산 어디쯤을 지날 때
그게 보였다
쓰레기를 찢어질 듯이 담고
은행나무에 비스듬히 기댄
쓰레기봉투 하나
가까스로 주둥이를 묶어
하루를 내려놓은 마침표

마치 명상에 잠긴 듯
고른 숨소리가 들리는 듯했다

출처/문영규 시집 『나는 지금 외출 중』 (푸른사상 2014년)

⟨시를 읽고⟩

여기서 주목해야 할 두 행은 문 시인의 마음을 보는 것
처럼 그 사유의 의미가 깊다.

"쓰레기를 찢어질 듯이 담고"

122

… (중략) …

　"가까스로 주둥이를 묶어"

　즉, 가난한 서민들이 쓰레기봉투에 쓰레기를 찢어질 듯 다져 넣는다는 것은 쓰레기봉투값을 한 푼이라도 아끼고자 하는 돈의 무서운 힘을 아는 것이다.

　그런 아픔을 알고 가까스로 묶어도 씹다 달다는 군말 혹은 비난보다 서민들의 가난을 말없이 또는 너그럽게 포용하는 그 자세, 그 참모습이 얼마나 아름다운가.

　객토 동인 활동을 같이했던 문영규 시인이 우리 곁을 떠난 지 벌써 10년이다.

　문영규 시인이 떠난 그 빈자리, 아쉬움과 허전함이 많았지만 무심한 세월 탓인지, 바쁜 일상에 매달려 살았던 핑계인지, 지금은 그리움이 많이 무뎌진 내 자신을 돌이켜 보는 시간이다.

　문영규 시인은 겸손과 배려가 몸에 배어있지만, 불의를 보면 참지 못하는

　즉, 부드러우면서도 그 힘은 아주 강한 강물 같은 사람이었다.

하얀 꿈

뺀질 나게 드나들면
결국엔 내 집 되겠지
하얀 십오 층 건물에 박사들이 많고
나를 위해 검진 하고
판독하고 처방하고
나를 요구하고 예약하고
예정하고

하얀 옷을 입고는
청진기를 가슴에 갖다 붙이며
하얀 알약을 처방한
하얀 종이를 건네며
4주 뒤에 또 보자며
안경알 너머 눈동자가
나를 돌려세울 때
창백한 얼굴로 인사하고

하얀 건널목을 건너며
새로 받은 주머니 속의

하얀 4주의 생을 가만히 만져 보며

출처/문영규 시집 『나는 안드로메다로 가겠다』(갈무리, 2016)

〈시를 읽고〉

2004년도 이후의 삶이 산업재해로 흔들리고 수술과 수술로 이어진 세월을 보내고 약물로 견디며 20년의 세월을 보내고 있다.

그 누구도 아픔을, 고칠 수 없는 불치라는 병을 원하지 않을 것이다. 그럼에도 그 누구는 영구 장애를 가지게 되고 불치병을 갖고 살아가고 있다.

가끔 차라리 아플 때를 아는 것은 어떨까 하며 상상을 해보기도 하지만 그 해답은 똑같이 영구 장애와 불치라는 이름을 떨쳐낼 수는 없다는 걸 잘 알기에 혼자 피식거리며 고개를 돌리며 떨쳐낸다.

최근에 새로 얻게 된 병으로 20년 넘은 단골 의사의 상담을 듣고 매달 4주 동안의 진통제와 치료제를 받고 약물치료가 추가 된 병원 생활을 하고 있다.

병원에서 하얀 가운을 입은 의사와 간호사를 만나 영원히 낫지 못할 병명으로 약물에 의지해 하루를 견뎌 낸다는 것은 쉽게 표현할 일은 아닐 것이다.

"이제 그냥 동무라 생각하고 살아간다."는 생전 영규형의 말씀이 생각난다.

그저 주어진 삶에 할 수 있는 일을 하며 떨쳐낼 수 없는 동무라면 그 또한 영원한 반려자라 생각하고 오늘을 보내고 다시 4주 뒤의 병원 방문을 계산해 메모를 하고 잊지 않으려 기억을 해 놓는다.

누구라도 그러하듯이.

순진함으로

앞 뒤 재고 자시고 할 것 없이
통일이나 됐으면

차라리 소꿉장난하듯
유치원 아이 순진함으로
그 시절 해진 고무신
새로 사달라 부모님 조르듯
통일이 그런 거라면

누군가에게
옷자락 붙잡고 매달리며
떼를 써서라도 되는
통일이 그런 거라면
얼마나 좋으랴

앞 뒤 재고 자시고
밀고 당기고 할 것없이
덮어놓고 통일이나 했으면

출처/문영규 시집 『눈 내리는 저녁』 (도서출판 갈무리, 2002)

〈시를 읽고〉

통일에 대한 염원을 노래하고 있다. 순진한 마음으로 다가서지 않으면 통일은 이루기 힘든 것이 아닌가 싶다. 어린아이의 마음처럼 순진하지 않으면 통일은 이루기 힘든 것이라고 시인은 바라보고 있는 것인지 모른다. 이것 재고 저것 재고하는 어른들의 생각이 너무 많은 것을 꼬집고 있다.

1990년 베를린장벽이 무너지는 것을 보며 우리 민족도 머지않아 통일을 이룰 수 있겠다고 누구나 생각했을 것이다. 그러나 앞뒤를 재고 보니 통일은 더 힘들어지고 멀어진 것이다.

통일이 어린아이가 떼를 써서 되는 것이라면 얼마나 좋겠는가!, 해진 고무신을 사달라고 부모님을 조르면 되는, 통일이 그런 거라면 얼마나 좋겠는가!, 덮어놓고 통일이 됐으면 얼마나 좋겠는가! 앞뒤 재고 자시고 하지 않고 통일이 된다면 얼마나 좋겠는가!

시인은 꿈을 말하고 길을 내는 사람인지도 모른다. 늘 문학은 과학의 앞선 자리에 있다고들 한다. 고 문영규 시인은 이 시를 통해 통일의 어려움을 에둘러 말하고 있다.

정말 통일을 하려면 이것저것 재지 말고 덮어놓고 해야 하지 않겠는가? 고 문영규 시인이 우리 곁을 떠난 지, 10년이 되었다. 이렇게 좋은 통일 시를 남겼다는 것을 알리고 싶다.

살아있지?

산 푸르고 물 맑은 밀양아! 응!
너 살아있지?
거기 백마산아! 응!
너 살아있지?
거기 승학산, 낙화산
화악산 천왕산아!
응! 응! 응! 응.
그래 다들 살아있지?
산 살아있고
산(生) 사람 있어 아름다운 밀양
산(生) 산의 관절에 쇠못을 박으랴
산(生) 산의 가슴에 전깃줄 박으랴
산(生) 산의 가슴에 대못을 박으랴

출처/탈핵 희망의 시 걸개 시화 (밀양문학회, 2012)

〈시를 읽고〉

2012년 9월 밀양문학회 탈핵 희망의 시 걸개 시화 작품에서 문영규 시인의 작품 '살아있지?' 마음 함께 참여했던 작품이다. 문영규 시인의 10주기를 맞이하고 보니 '살아있다'는 생생한 목소리를 듣고 싶은 안타까움이 더 유난스럽다.

위 시를 읽다보면 2008년 7월 첫 송전탑 반대를 위한 투쟁이 시작되고부터 2014년 행정대집행이 집행된 날까지 내내 식지 않고 뜨겁게 타오르던 밀양, 촛불을 들거나 노래를 부르거나 함께 머리띠를 매거나 온몸에 쇠사슬을 감고 처절한 투쟁을 한 밀양 어르신들의 마음에 내 마음을 보탰던 그 시간이 아직도 눈에 선하다. 이런 날이면 시인이 살아있느냐고 외쳤던 '백마산'아, '승학산'아 '낙화산'아, '화악산'아, '천황산'아 하고 나도 따라 불러 보고 싶은 날이다. 부르기만 하면 여기저기서 살아있다고 대답할 것만 같은 날이다. 이런 날이면 문영규 시인이 보고 싶다. 창백해져가는 모습이나마 동인들 만나러 오는 길이 기쁨으로 가득 차 잔잔한 웃음을 숨길 수 없었던 문영규 시인을 생각하면 '그래 다들 살아있지?' 하고 말을 걸 것만 같다.

바위는 저항하고 갈대는 적응한다

바위는 어떤 유혹에도 흔들리지 않기 위해
모든 무게를 땅으로 집중시켜
저항하는 것이고
갈대는 모든 유혹에 적응하기 위해
부드러운 몸놀림을 익힌 것이다

그러나 언제 보아도 그들이
같은 풍경을 이루며 정겨운 것은
희망과 절망이 서로 친한 것과
같은 뜻일까?

저녁 무렵 개울가에 나와
바위에 앉아 갈대를 본다
이 세상에서 몸과 마음을 다해도
일할 곳이 없었던 것은 여태껏
저항하지도 적응하지도 못했다는 것이다
바람이 불 때마다
갈대가 바위에 쓰륵쓰륵
몸을 비빈다

출처/문영규 시집『눈 내리는 저녁』(도서출판 갈무리, 2002)

〈시를 읽고〉

오늘은 누가 나를 좀 유혹하기라도 하면 발길을 그쪽으로 돌리겠다. 오늘은 누가 나를 좀 유혹하기라도 하면 아예 고개조차 돌리지 않겠다.

'이 세상에서 몸과 마음을 다해도/일할 곳이 없었던 것은 여태껏/저항하지도 적응하지도 못했다는' 데 동감한다. 바위의 우직함이나 갈대의 유연함이나 나는 무엇 하나 닮지 않았다. 그러니 세상 사는데 늘 힘에 부친다.

어찌 이와 같은 삶을 사는 게 나쁜일까? 모로 가도 서울만 가면 된다는데, 삶이란 흑백논리로 설명할 수 있는 게 아니라는데, 그런데도 나는 왜 살살 꼬리치는 개나 독야청청 소나무만 생각하고 살았는지 몰라.

'바람이 불 때마다/갈대가 바위에 쓰륵쓰륵/몸을 비' 비듯이 나도 그렇게 살고 싶은데 너무 늦었다. 너무 늦었다는 것을 알고 보니 '희망'과 '절망'이 늘 같은 나무에 자라고 있다는 것을 이제야 알 것 같다.

* 김성대

경남 마산에서 태어나 2013년 『경남작가』로 작품 활동을 시작했으며, 시집으로 『나에게 묻는다』, 『햇살이 탱자나무 가시 사이로 내 몸을 비추고 있었다』가 있다. 2020년 제1회 〈부마민주항쟁문학상〉을 수상했다.

* 노민영

경남 마산에서 태어나 2005년 『경남작가』로 작품 활동을 시작했다. 시집으로 『섬』이 있다. 2025년 〈백신애창작기금〉을 받았다.

* 박덕선

경남 산청에서 태어나 무크지 『살류주』, 『여성비평』으로 등단, 시집으로 『꽃도둑』, 『술래야 술래야』가 있다.

* 배재운

경남 창녕에서 태어나 2001년 제10회 〈전태일문학상〉을 수상했으며, 시집으로 『맨얼굴』이 있다.

* 이규석

경남 함안에서 태어나 1987년 〈고주박동인〉으로 작품 활동을 시작했으며, 시집으로 『하루살이의 노래』, 『갑과 을』

이 있다.

* 이상호

경남 창원에서 태어나 1999년 〈들불문학상〉을 수상했으며, 시집으로 『개미집』, 『깐다』가 있다.

* 정은호

경남 진주에서 태어나 1999년 〈들불문학상〉을 수상했으며, 시집으로 『지리한 장마, 그 끝이 보이지 않는다』, 『방바닥이 속삭이다』, 『쉬운 산은 없다』가 있다.

* 최상해

강원 강릉에서 태어나2007년 『사람의 문학』으로 작품 활동을 시작했으며, 시집으로 『그래도 맑음』, 『당신이라는 문을 열었을 때처럼』이 있다.

* 표성배

경남 의령에서 태어나 1995년 제6회 〈마창노련문학상〉을 받으며, 시를 쓰기 시작했다. 시집으로 『아침 햇살이 그립다』, 『저 겨울 산 너머에는』, 『개나리 꽃눈』, 『공장은 안녕하다』, 『기찬날』, 『기계라도 따뜻하게』, 『은근히 즐거운』, 『내일은 희망이 아니다』, 『자갈자갈』, 『당신은 누구십니

까」, 『당신이 전태일입니다』 등이 있으며, 시산문집으로
『미안하다』가 있다. 제7회 〈경남작가상〉을 수상했다.

* 허영옥

경남 의령에서 태어나 2003년 『경남작가』로 작품 활동을
시작했으며, 시집으로 『그늘의 일침』, 『장마에 말라죽다』
가 있다. 제10회 〈경남작가상〉을 수상했다.

■ 〈객토문학〉 동인지 및 기획시집 ──────

- 제1집 『오늘 하루만큼은 쉬고 싶다』 도서출판 다움(2000)
- 제2집 『퇴출시대』 도서출판 삶이보이는 창(2001)
- 제3집 『부디 우리에게도 햇볕정책을』 도서출판 갈무리 (2002)

  배달호 노동열사 추모 기획시집 『호루라기』 도서출판 갈무리(2003)
- 제4집 『그곳에도 꽃은 피는가』 도서출판 불휘(2004)
- 제5집 『칼』 도서출판 갈무리(2006)

  한미FTA 반대 기획시집 『쌀의 노래』 도서출판 갈무리 (2007)
- 제6집 『가뭄시대』 도서출판 갈무리(2008)
- 제7집 『88만원 세대』 도서출판 두엄(2009)
- 제8집 『각하께서 이르기를』 도서출판 갈무리(2011)
- 제9집 『소』 도서출판 갈무리(2012)
- 제10집 『탑』 도서출판 갈무리(2013년)
- 제11집 『통일, 안녕하십니까』 도서출판 갈무리(2014년)
- 제12집 『희망을 찾는다』 도서출판 갈무리(2015년)
- 제13집 『꽃 피기전과 핀 후』 도서출판 갈무리(2016년)
- 제14집 『봄이 온다』 도서출판 갈무리(2018)
- 제15집 『가까이서 야하게 빛나는 건 별이 아니다』 도서출판 두엄(2019)
- 제16집 『시작은 전태일이다』 도서출판 수우당(2020)

- 제17집 『태극기 전성시대』 도서출판 수우당(2021)
- 제18집 『아름다운 이름』 도서출판 수우당(2022)
- 제19집 『설마, 우리 대까지는 괜찮겠지』 도서출판 수우당 (2023)
- 제20집 『다시, 민주주의 다시, 평화』 도서출판 수우당 (2024)
- 제21집 『안부를 묻는다』 도서출판 수우당(2025)